Qualität von Oetinger

Büchersterne

Liebe Eltern,

Lesenlernen ist eine Meisterleistung. Es gelingt nur Schritt für Schritt. Unsere Erstlesebücher in drei Lesestufen unterstützen Ihr Kind dabei optimal. In den Büchern für die 1. Klasse erleichtert eine große Fibelschrift das Lesen, und der hohe Bildanteil hilft, das Gelesene zu verstehen. Mit beliebten Kinderbuchfiguren von bekannten Autorinnen und Autoren macht das Lesenlernen Spaß. 16 Seiten Leserätsel im Buch laden zu einer spielerischen Auseinandersetzung mit dem Text ein.
So werden aus Leseanfängern Leseprofis!

Manfred Wespel
Prof. Dr. Manfred Wespel

PS: Weitere Übungen, Rätsel und Spiele gibt es auf www.LunaLeseprofi.de. Den Schlüssel zu Lunas Welt finden Sie auf Seite 55.

Büchersterne – damit das Lesenlernen Spaß macht!

Mit Büchersterne-Rätselwelt

Erhard Dietl

Die Olchis auf Klassenfahrt

Verlag Friedrich Oetinger · Hamburg

Inhalt

Besuch auf dem Müllberg   5

Die olchige Greta   10

Burg Rabenstein   18

Zwei blutige Ritter   23

Panik in der Burg   28

Rätselwelt   40

Besuch auf dem Müllberg

Auf der olchigen Müllkippe
ist es sehr gemütlich.

Olchi-Opa döst
auf seinem rostigen Ofen.
Olchi-Oma liegt
in der duftenden Müll-Badewanne.

Olchi-Mama kocht
Grätensuppe mit alten Socken.
Olchi-Papa bastelt
eine schöne Staubschleuder.

Das Olchi-Baby nuckelt
an seinem Knochen.
Der Drache Feuerstuhl schnarcht.

Und die Olchi-Kinder hüpfen
mit den Kröten um die Wette.

Heute kommt Besuch.
Ein kleines Mädchen klettert
über den Müllberg.

„Hallo, Olchis!", ruft sie.
„Ich bin Greta!
Ich bin mit meiner Klasse da."

„So, so", sagt Olchi-Mama.
„Und wo sind
die anderen Schulkinder?"

„Drüben in Schmuddelfing",
sagt Greta.
„Wir machen eine Klassenfahrt.
Aber ich wollte euch
unbedingt besuchen!"

„Wie?", sagt Olchi-Oma.
„Du bist einfach weggelaufen?"
Greta lacht.
„Klar! Ich bin
die mutigste Greta der Welt!"

Die olchige Greta

Hier bei den Olchis
will Greta sich so richtig austoben.
Sie schubst die Olchi-Kinder
in eine Matschpfütze.

Sie springt mit beiden Füßen
in Olchi-Mamas Suppentopf.

Sie bombardiert die Kröten
mit Schlammknödeln.

Sie schiebt Feuerstuhl
drei Bonbons in den Mund.

Und sie singt zweiundzwanzig Mal
das Olchi-Lied.

„Jetzt ist es aber genug!",
brummt Olchi-Opa
und hält sich die Hörhörner zu.
„Warum, Greta ist doch olchig!",
lachen die Olchi-Kinder.

Da taucht ein Omnibus auf.
„Oje", sagt Greta.

Frau Blume, die Lehrerin,
steigt aus und schimpft:
„Du kannst doch nicht
einfach weglaufen, Greta!"

„Doch!", rufen die Olchi-Kinder.
„Sie ist die mutigste Greta
der Welt!"

Frau Blume hält die Luft an.
Die Olchis müffeln entsetzlich.

„Los, einsteigen!",
befiehlt sie Greta.
„Wir fahren zur Burg Rabenstein.
Dort übernachten wir."
„Na gut", brummt Greta.

„Die Burg ist sicher
schön gruselig",
verspricht Frau Blume ihr.
„Zitterst du schon ein bisschen?"

„Quatsch", sagt Greta.
„Wir kommen auch mit!",
rufen die Olchi-Kinder.

Die Lehrerin schüttelt den Kopf.
„Das geht leider nicht.
Ihr gehört nicht in meine Klasse."

Jetzt sind alle wieder im Bus,
und die Schulkinder winken
den Olchis fröhlich zu.

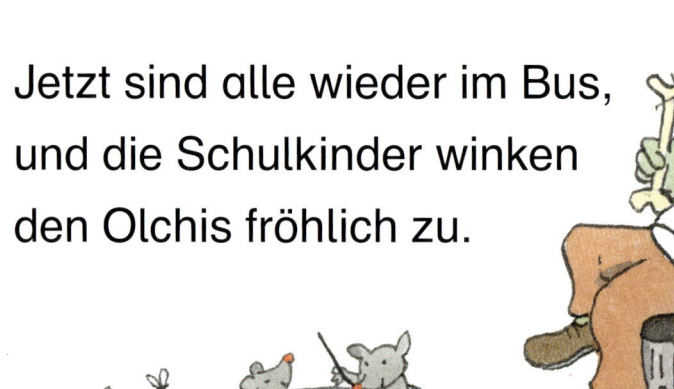

Unbemerkt klettern
die Olchi-Kinder
auf das Dach vom Bus.

Sie singen:
„Muffelwind und Käsekitt,
wir fahren einfach heimlich mit!"

Burg Rabenstein

Als sie an der Burg ankommen,
ist es schon dunkel.

Die Kinder packen
in den Schlafsälen
die Rucksäcke aus.

Dann macht Frau Blume
ein Lagerfeuer im Burghof.

Die Olchi-Kinder haben sich
hinter einem Brunnen versteckt.
Von dort können sie
alles beobachten.

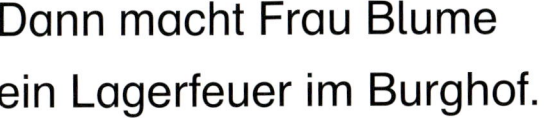

Die Schulkinder sitzen am Feuer
und braten Würstchen.
Greta darf
eine Gruselgeschichte erzählen.

Auch die Olchi-Kinder
spitzen ihre Hörhörner.

Greta erzählt erst
von blutsaugenden Vampiren.
Dann vom blutigen Ritter
mit der abgeschlagenen Hand.

Alle Kinder zittern vor Angst.

Doch Greta lacht.
Schlapper Hühnerich!,
denken die Olchi-Kinder.
Ist die wirklich so mutig?

Zwei blutige Ritter

Bald liegen alle Schulkinder
in ihren Betten.
Die Olchi-Kinder sind aber
noch nicht müde.

Sie schleichen neugierig
durch die Gewölbe der Burg.
„Wie modrig es hier duftet",
freut sich das eine Olchi-Kind.

In einem Saal
stehen alte Ritter-Rüstungen.

„Damit können wir
die Greta erschrecken",
schlägt das andere Olchi-Kind vor.
„Mal sehen,
ob sie wirklich so mutig ist!"

Kichernd stülpen sie sich
die Helme über den Kopf
und schlüpfen in die Brustpanzer.

„Huhuu!", heulen sie.
„Wir sind blutige Ritter!"

Draußen kracht ein Donner.
Blitze zucken am Himmel.

Irgendwo heult ein Hund,
und der Mond hat sich
hinter schwarzen Gewitterwolken
verkrochen.

„Sehr gut",
sagt das eine Olchi-Kind.
„So ist es noch gruseliger!"

Sie klettern die Dachrinne hoch
zu Gretas Fenster.
„Huhuu!", heulen sie.
„Die blutigen Ritter kommen!"

Panik in der Burg

Doch was ist das?
Aus dem Schlafsaal hören sie
laute Stimmen.

Die Kinder sind alle wach,
und Frau Blume scheint
sehr aufgeregt zu sein.

„Wo ist Greta?",
hört man sie rufen.
Die Olchis erschrecken.
Greta ist verschwunden!

Keiner weiß, wo sie ist!
Frau Blume läuft schon los
und sucht nach ihr.

Die Olchis springen
hinunter in den Hof.
Sie ziehen die Rüstungen aus.

Dann laufen sie noch einmal
durch die Burg.
So viele Zimmer gibt es hier!
Wo kann Greta nur sein?

Eine steile Treppe führt
in den Keller.
Wie gruselig es hier unten ist!

Da schlottern sogar
blutigen Olchi-Rittern
ein bisschen die Knie.

Mutig schleichen sie sich
durch den finsteren Keller.
„Psst!", sagt das eine Olchi-Kind.
„Ich hör was!"

Das andere Olchi-Kind deutet
auf eine Falltür.
„Da unten ruft jemand um Hilfe!"

Sie zerren an der schweren Falltür.
Zum Glück sind Olchi-Muskeln
so hart wie Eisen.

Im Nu ist die Falltür offen.
„Ach, du schlapper Hühnerich!",
rufen die Olchis.

Greta klettert heraus.
Sie hat Tränen in den Augen.

„Das dumme Ding
ist einfach zugeklappt",
schluchzt sie.
„Toll, dass ihr gekommen seid!"

Die Olchis rennen mit ihr
nach oben.
Sie treffen auf Frau Blume
und die anderen Kinder.

„Da bist du ja endlich!",
ruft die Lehrerin.
Greta lacht schon wieder.

Die Olchis haben ihr
von den Ritter-Rüstungen erzählt.

Erstaunt schaut Frau Blume
auf Gretas Begleiter.
„Wie kommt ihr denn hierher?"

„Mit dem Bus natürlich!",
kichern die Olchi-Kinder.

Greta sagt:
„Sie mussten mich doch retten!
Sie sind die mutigsten Olchis
der Welt!"

Die Olchis dürfen die ganze Nacht
neben Gretas Bett
auf dem Boden schlafen.

Draußen kracht der Donner.
Doch das macht nichts.
Vor so ein bisschen Gewitter
hat nun wirklich niemand Angst.

Willkommen in der Büchersterne Rätselwelt

Komm auch in meine Lesewelt im Internet.
www.LunaLeseprofi.de
Dort gibt es noch mehr spannende Spiele und Rätsel!

Büchersterne-Rätselwelt

Hallo,
ich bin Luna Leseprofi und ein echter Rätselfan! Zusammen mit den kleinen Büchersternen habe ich mir tolle Rätsel und spannende Spiele für dich ausgedacht.

Viel Spaß dabei wünscht

Luna Leseprofi

Lösungen auf Seite 56–57

Bild-salat

Kannst du die Bilder den richtigen Sätzen zuordnen?

⭐ Das **Olchi-Baby** nuckelt an seinem Knochen.

⭐ In einem Saal stehen alte **Ritter-Rüstungen**.

⭐ Der **Mond** hat sich hinter schwarzen Wolken verkrochen.

⭐ Greta bombardiert die Kröten mit **Schlammknödeln**.

Büchersterne-Rätselwelt

Büchersterne

1

2

3

4

43

Wort-salat

Hier sind die Wörter durcheinandergeraten. Kannst du sie ordnen?

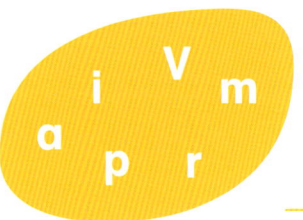

i V m
a p r

_ _ _ _ _ _

t e
t
a R

_ _ _ _ _ _

t e
t r i R

_ _ _ _ _ _ _

Büchersterne-Rätselwelt

Büchersterne

Auf welchen Seiten findest du diese Ausschnitte?

Spür-nase

45

Puzzle

In welche Reihenfolge gehören die Bilder?

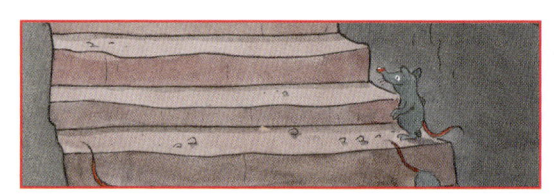

Büchersterne-Rätselwelt

Büchersterne

Wie oft findest
du die Spinne im gesamten Buch?

Wie viele Kinder im Bus
winken den Olchis?

Wie oft singt Greta
das Olchi-Lied?

**Findest du die
gesuchten Zahlen?**

Zahlen-
Rätsel

Geheimes Labyrinth

Folge dem geheimen Code und suche im Labyrinth nach der Lösung!

Dein Geheimcode:

- 🟦 1 hoch, 2 rechts
- 🟥 2 hoch, 1 links
- 🟦 2 links, 4 runter
- 🟧 1 runter, 2 rechts
- 🟩 2 links, 1 runter

Lösungswort: _____

Büchersterne-Rätselwelt

Büchersterne

Starte hier!

Mein Tipp: Jedes Bild steht für einen Buchstaben.

Fehlerbild

Im unteren Bild sind 5 Fehler. Kannst du sie alle finden?

Büchersterne-Rätselwelt

Büchersterne

O	R	J	T	L	I	K	T	V	R
B	P	S	K	P	F	Ü	T	Z	E
U	Q	L	C	S	I	T	L	W	Y
B	D	K	T	N	E	L	Z	Q	L
U	R	R	U	C	K	S	A	C	K
R	X	Ö	R	J	V	B	C	A	X
G	I	T	T	W	M	O	T	B	B
S	G	E	W	I	T	T	E	R	E
R	N	N	Z	D	Q	R	M	U	R
I	G	E	X	U	R	L	I	O	S
M	Q	T	W	L	M	Y	R	V	E

Hier haben sich 5 Wörter versteckt. Findest du sie alle?

Gitter-Rätsel

Würfel-spiel

Spiel für zwei!
Wer schafft es zuerst zur Burg Rabenstein?

Ihr braucht:
- 2 Würfel
- 2 Spielfiguren

Büchersterne-Rätselwelt

Büchersterne

Würfelt abwechselnd mit beiden Würfeln.
Jeder zählt seine Punkte zusammen
und geht so viele Felder vor.
Wer genau auf der **BURG** landet, gewinnt!

Luna Leseprofi

Finde das Lösungswort und komm in Lunas Lesewelt im Internet!

```
        P
    F [ ] L L E           R
        N                 I
        I     G E I S [ ]
        K                 T
                          E
              L           R
              I
    D O N N [ ] R
              D
```

Lunas Rätselwelt

Luna Leseprofi

K				
A	T	T	E	
Ö				
T				
E				

B
U
R

A U ■ E

LÖSUNGSWORT:

□ □ □ □ □

Mit dem LÖSUNGSWORT gelangst du in meine Lesewelt im Internet:
www.LunaLeseprofi.de
Dort warten noch mehr spannende Spiele und Rätsel auf dich!

Rätsel-Lösungen

Alle Rätsel gelöst? Hier findest du die richtigen Antworten.

Seite 48-49 · Geheimes Labyrinth
Lösungswort: mutig

Seite 50 · Fehlerbild

Seite 51 · Gitter-Rätsel
Pfütze, Rucksack, Gewitter, Burg, Kröten

Seite 54-55 · Luna Leseprofi
Gib dein Lösungswort im Internet unter **www.LunaLeseprofi.de** ein. Wenn sich eine Lesemission öffnet, hast du das Rätsel richtig gelöst.

Büchersterne

Seite 42-43 · Bildsalat
Das **Olchi-Baby** nuckelt an seinem Knochen. = Bild 2
In einem Saal stehen alte **Ritter-Rüstungen.** = Bild 3
Der **Mond** hat sich hinter schwarzen Wolken verkrochen. = Bild 1
Greta bombardiert die Kröten mit **Schlammknödeln.** = Bild 4

Seite 44 · Wortsalat
Vampir, Ratte, Ritter

Seite 45 · Spürnase
1 = 12
2 = 16
3 = 32
4 = 29

Seite 46 · Puzzle
3, 2, 1, 4

Seite 47 · Zahlen-Rätsel
Es gibt 4 Spinnen.
5 Kinder winken den Olchis.
Greta singt das Olchi-Lied 22 Mal.

57

1. Klasse

Schulspaß und mehr fürs erste Lesen

Paul Maar
Der Buchstaben-Zauberer
ISBN 978-3-7891-2372-6

Erhard Dietl
Das Olchi-ABC
ISBN 978-3-7891-2325-2

Erhard Dietl
Die Olchis und der Schmuddel-Hund
ISBN 978-3-7891-2337-5

Erhard Dietl
Die stärksten Olchis der Welt
ISBN 978-3-7891-2326-9

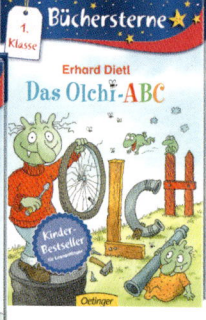

Oetinger

Mit Lesespielen im Internet. Lesepatenmodell für Lehrer und Eltern.
www.oetinger.de

Lesespaß für Leseanfänger

Unfug und Quatsch: Bücher zum Lachen!

1./2. Klasse

2./3. Klasse

Erhard Dietl
Die Olchis auf dem Schulfest
ISBN 978-3-7891-2389-4

Erhard Dietl
Die Olchis werden Fußballmeister
ISBN 978-3-7891-2332-0

Erhard Dietl
Die Olchis und die große Mutprobe
ISBN 978-3-7891-2373-3

Erhard Dietl
Die Olchis sind da
ISBN 978-3-7891-2335-1

Oetinger

Mit Lesespielen im Internet. Lesepatenmodell für Lehrer und Eltern.
www.oetinger.de

Das didaktische Konzept zu **Büchersterne** wurde mit Prof. Dr. Manfred Wespel, Pädagogische Hochschule Schwäbisch Gmünd, entwickelt.

MIX
Papier aus verantwortungsvollen Quellen
FSC
www.fsc.org
FSC® C014138

© Verlag Friedrich Oetinger GmbH, Hamburg 2015
Alle Rechte vorbehalten
Titelbild und farbige Illustrationen von Erhard Dietl
Einband- und Reihengestaltung von Manuela Kahnt,
unter Verwendung der Sternvignetten von Heike Vogel
Reproduktion: Domino Medienservice GmbH, Lübeck
Druck und Bindung: Finidr, s.r.o., Tschechische Republik
Printed 2016
ISBN 978-3-7891-2431-0

www.olchis.de
www.oetinger.de